KB216393

마추픽추에서 온 엽서

*본문삽화 : 박수민 (저자의 딸)

수우당 시인선 009

마추픽추에서 온 엽서

2023년 2월 10일 초판 인쇄

지은이 | 박기원
펴낸이 | 서정모
펴낸곳 | 도서출판 수우당

주 소 | 51516 창원시 성산구 외동반림로 126번길 50
전 화 | 055-263-7365
팩 스 | 055-283-8365
이메일 | dlp1482@hanmail.net
출판등록 | 제567-2018-7호(2018.2.12)

ISBN 979-11-91906-16-5-03810

값 12,000원

＊ 이 시집은 2022년 한국예술인복지재단의 창작준비지원금을 보조받아 제작되었습니다.
＊ 잘못된 책은 바꾸어 드립니다.
＊ 저자와 협의하여 인지를 붙이지 않습니다.

수우당 시인선 009

마추픽추에서 온 엽서

박기원 시집

수우당

숨을 곳이 없다

허공을 선회하는 수리 같은 매서운 눈초리와
뒤를 밟는 늑대 같은 끈질긴 발걸음이 있어
세렝게티 대평원의 겁 많은 임팔라처럼
죽을힘을 다해 부끄러움에 쫓겨도
나는 나를 숨길 곳이 없다

따돌릴 수도
팔다리처럼 뚝 떼어줄 테니
그만 돌아가라고
그만 쫓아오라 할 수도 없다

숨이 턱에 찬다

눈동자가 검은 이유는
나의 그늘을 보여주지 않기 위함이던가

죽지 않는 일이 죽는 일보다 어려운 한,

가만히 서서 죽음을 기다리는 일보다
시詩의 들판을 내달리다 죽어도 그만인 일이
나의 업業인지도 모르겠다

이 시집詩集을
바다를 향해 하염없이 달려가는 강물에
각주구검刻舟求劍한다

그림자가 가라앉는다

2022년 12월
진주 남강변에서

박 기 원 朴起元

- 진주 출생
- 2014년 《경남문학》 신인상 수상
- 시집 「마리오네트가 사는 102동」
  「마추픽추에서 온 엽서」
- e-mail : nalgae1964@daum.net

|차 례|

시인의 말

제1부

제**2**부

제3부

제4부

| 해설 |

제 1부

나의 흉터는 뛰어내릴 때 다친 것들이 아니라
나에게서 내가 달아날 때 다친 것들이다
−102동에 사는 마리오네트 中에서

수평에서 멈추다 · 2

천공穿孔난 천공天空
구름날개에 업혀
수평선에 내려앉는다

아, 저러다 하늘이
바다처럼 깊어지지는 않을까
바다처럼 헛딛지는 않을까

제 근심에
제 가슴에 손 얹어보는 수평선

하늘의 눈물샘을 봐버린 사람은
눈길을 수평선에 둘 수밖에 없다

오래된 길

우리가 걷던 길의 가로수는
가지 말아야 할 길에 꿋꿋이 서있고
우리가 걷던 길의 계절은
가서는 안 되는 길을 활보하고 있다

네가 비어있는 길
이 길이 가장 오래된 길이다

말을 않는 사람과
말이 없는 사람이 한 사람이었듯
그 사람의 눈 속으로 난 길을 걸으며
흔들리고 있는 것은 나뿐이었다
그러므로 길은
길이 있어야 할 길에 길이 있지 않고
길이 없어야 할 길에 길이 없지 않다

가버린 사람과
돌아오지 않은 사람이 한 사람이었듯

그 사람의 뒷모습으로부터 생겨난 길 위에서
망설이고 있는 것은 나뿐이었다
그러므로 길은
길을 찾지 않아도 길이 있고
길을 찾아도 길은 없다

길을 떠도는 샛별이 발자국 지울 때
너에게로 갈 수 없는 날이 내일임을 알게 되더라도
제 갈 곳을 수소문하고 다니는 낙엽처럼 나는
그 길에게 길을 또 물을 것이다

길이 생겨나자 길이 사라진다
내가 낸 길에는 네게로 돌아갈 수 있는 길이 없다

네가 비어있는 길을 걷는 내가
그 길 위에서 가장 오래된 사람이다

102동에 사는 마리오네트

다치지 않은 척하고 돌아오는 날이 많을수록
안고 자도 허전한 그림자
돌아오지 않는 사람보다 더 바짝 끌어안을수록
나는 내가 안으로 부식된다

나보다 못한 나의 절반을 데리고 사는 나에게
절반보다 나은 게 없는 절반으로 살아가는 나에게
부탁도 거절도 여전히 나는 내가 어렵다

베란다에서 떨어져 죽은 적 있는 절반은
대리기사가 건넨 어둠을 거스름으로 쥐고
발밑에 새까맣게 쓰러져있는 102동의
계단을 분리하지 않고 수거함에 버리는 게 일이다

센서 등燈이 잃어버린 파티처럼 깜빡이면
몸을 뛰쳐나갔다 다시 나를 파고드는 나
그 이식이 너무 저릿한 나머지
발소리를 정복한 고양이의 영역에 마려운 독백을 지린

다

밤마다 버려지는 아파트와
그림자의 뼈가 부러지고 있는 아이들
밤마다 버리고 싶은 꼬리 없는 나와 꼬리치는 나

가장 낮은 곳이 언제나 가장 높은 곳이었듯
나는 멀리 있는 나보다 더 깊은 나를 멀리하고 있다

달빛에서 뛰어내린 고양이의 척추를 본 사람은
살아온 보폭과 살아갈 걸음수가 닮은 또 다른 나
그리고 어른들이 불러들이고 남은 아이들뿐이다

떨어질 때, 꿈을 꼬집어서 살아 돌아온 아이가
꿈자리를 털어내고 있는지 작은 창이 잠시 아른댄다

나의 흉터는 뛰어내릴 때 다친 것들이 아니라
나에게서 내가 달아날 때 다친 것들이다

남강, 저 유등

떠난 새도 많고
돌아오지 않는 새도 꽤 된다

떠난 사람도 많고
돌아오지 않는 사람도 꽤 된다

물길 위를 발자국 없이 걸어간 대숲 그늘이
되돌아간 흔적 없는 발소리로 서성이는 동안

낯선 계절이 무턱대고 떠내려 왔고
낯익은 이름이 막무가내 떠내려갔다

아무도 돌아오지 않을 하루는
가도록 내버려 둔 하루를 순순히 보내줬을까

인적 끊긴 가슴 강에 유등 띄우고
내가 잊히기 전에 널 먼저 보낸다

눈물모양의 말투

내가 모르는 얼굴이 네게 있다

알 듯 모를 듯
메아리로 지은 구름처럼
거품으로 지은 파도처럼
다가가면 다가간 만큼 물러나는 네가 있다

내가 모르는 몸짓이 네게 있다

알게 모르게
제 뒤를 밟다 자빠진 그림자처럼
별도 없는 밤하늘을 헛딛는 눈동자처럼
다가서면 다가선 만큼 물러서는 네가 있다

내게 심어진 네 뜻이
닿지도 맺지도 못하고 맴돌던 입안에서
뿌리도 없이 흔들리고 있다

돌탑 쌓으며

위로 오를수록 좁다란 산길 오른다
윗돌 올릴수록 미간 좁아지는 돌탑 쌓는다

못난 돌 하나 골라 얹을 때
숨소리 죽이던 내 중심이
조금 더 서산으로 기운다

모난 돌 하나 주워 포갤 때
바들바들 떨리던 내 중심이
조금 더 굽은 나무를 닮는다

허상 위에 허상 쌓고
허물 위에 허물 쌓은 내 몸탑

바람이 나를 스칠 때
몸탑이 더 큰소리로 운다

함부로 쌓은 업業

똑바로 서고 싶을수록 중심이 휘청인다

정전停電 · 1

첩첩 어둠의 수렁

사람의 발기척을 터 잡고 낮추 살며
빤한 집안 형편에 숨죽이고 엎드려 사는 것들이
덫이 되고 작두가 되고 뱀이 되어
적막의 다리를 걸어 자빠뜨리고 있다

사람의 눈도장에 터 잡고 곧추 살며
훤한 집안 사정을 꿰뚫고 높직이 사는 것들이
낙석이 되고 작살이 되고 수리가 되어
침묵의 멱살을 쥐고 넘어뜨리고 있다

한 발짝도 앞으로 나아가지 못하고
촉수만 흔들었다 산송장같이

그림자를 지워낸 눈꼬리가
재떨이 속 꽁초처럼 구겨져 있었다

동네 개가 짖으며
달빛을 다시 불러낼 때까지

미각운운味覺云云

며칠 몸살 앓고 난 뒤
밀선蜜腺 닫혀있던 나는

혈색 좋은 오월의 멍게가
기세 좋게 아무 데나 오줌 찌익 찍 내갈기고
떡집의 형형색색 떡고물이
봄 동산의 꽃 범벅처럼 수북한 시장통을 기웃댄다

나를 떠나 돌아오지 않는 것들
비단 입맛뿐이 아닐 텐데

머위 이파리같이 쓰디쓴 삶 위에
매콤한 일상을 올려 쌈처럼 싸먹었어도
침샘에 풀물 밴 마음조차 돌아오지 않고 있다

내 미각은
그 어떤 허기虛飢로도 채울 수 없는 허기虛器인가

좌판에서 오렌지를 고르는 바람의 입에 침이 고인다

돌아오지 않는 것들의 망각보다
훨씬 두꺼운 튀김옷을 입은 계절이
부푼 허공 한 접시 들고 돌아 나오는
구름의 늑골에 아삭한 빵가루를 입히고 있다

해무海霧

바다로 가는 길

차창에 하트와 발바닥을 그린 손가락을 편 채
몇몇은 낙서 사이로 보이지 않는 밖을 내다보고

더는 그릴 게 없는 몇몇은
더러운 손가락을 차표에 싸서 차에 두고 내리고 있다

넋두리를 들어주는 대가로
내 눈물을 받아내고 있는 바다
그 눈물 모아 물보라로 탕진하고도 모자라
폐가에 살고 있는 기억을 제물로 바치라며
눈물샘을 파헤치고 있다

종점 식당 국밥에 피어오르는 김 사이로
네 눈을 똑바로 보지 않고도
너를 떠올릴 수 있는 일은 새삼스러운 일이 아니었다

어느 기억에서 발자국 없는 발소리가 났는지
갯강구는 비린내 나는 손으로
처음부터 다시 그 많은 신발 끈을 고쳐 메고 있고

해초는 지난밤 달빛 만지던 손가락을
불가사리처럼 선착장에 눕혀놓고 말리고 있다

하트와 발바닥을 실은 버스가 막차처럼 지나갈 때
늦었지만 네 눈을 제대로 바라보고 싶어졌다

아무것도 손에 잡히지 않던 날처럼
네가 바다보다 더 바다같이 막막하고 자욱하다

더러운 손가락으로 눈시울 훔친 자리에
마주치지 못할 만큼 눈부신 안개가 새어들고 있다

야간비행 夜間飛行

내가 모르는 이유를 들먹이며
내가 나를 생각해도
꼭 내 잘못만은 아닌 것 같은 이유를 들이대며
네가 나를 외면했다고 치자
외면당한 곳이 해종일 아파서
다치지 않고 다친 곳이 가장 아프다고 치자
그래서 이유로 그득한 네가 없는 밤을 골라 다녔다
치자
그러던 어느 날 막차를 놓치고 긴 한숨 내쉬었는데
나에게 한 치도 없던 이유가 땅처럼 꺼져버렸다고 치자
땅이 꺼져버렸으니 남은 건 하늘밖에 없다고 치자
그 구름 속에서 눈물 훔친 것이 나였다고 치자
아는 이유는 없고 모르는 이유만 남은 나처럼
별에게 모르는 이유를 들먹이며
꼭 별의 잘못만은 아닌 이유를 들이대는 하늘 때문에
하늘길에는 수많은 아픈 별이 뜬다고 치자
그 수많은 별 중 하나가
모두 곤히 잠들어야 할 밤하늘을 헤매고 다닌다 치자

그게 나의 별이라고 치자
그게 나의 이별이라고 치자

폐쇄된 철길

마음 가는 데로 가려 했지만
그렇게 어디든 다 갈 수는 없었다

절그럭절그럭 발목에 족쇄 채워
오로지 한 길로만 다니게 만든 그 길로

함부로 올라탈 수 없는 그 길로

옆길로 샐 수 없는 그 길로

아득한 그 길 끝이 궁금해
생의 한 자락 움켜쥐고 나아간 만큼
등 뒤로는 돌아갈 길이 지워지고 있었다

다시,라는 말을 곱씹는 동안
다시는 기차가 오지 않고
나는 다시는 키가 커지지 않는다

클 대로 커져버린 새 울음이
내가 길에서 삼키던 울음소리처럼
키 큰 사철나무 울타리를 넘나들고 있다

비어있는 철길 위를
바람이 덜컹덜컹 지나가고

녹슨 철길 위를
비가 칙칙폭폭 지나가고 있다

다시, 나를 싣고

유통기한

온몸에 붉은 반점 번져
열병 앓고 있는 산山을 검진한 바람이
몸소 초입까지 와서
나를 검진하고 있다

고쳐 쓸만한 구석이 남아있는지
도려내야 할 구석이라도 있는지
훑어보고 들춰보고 짚어보고 있다

내가 가진 구석이란
미덥잖은 내력을 감추거나
시답잖은 이력을 쟁여두기 위함일 텐데

차가운 청진기를 내 구석 말단에 댈 때마다
뜨겁게 보관된 기억이 움찔거리고

한 사람을 허술한 늑골의 울타리에 가두려고
옥죄던 괄약근이 움찔거린다

병력病歷의 행적을 뒤적거릴 때마다
그리움 앓다 뚫린 적 있는 가슴을 들킬까
조바심 내며 구석을 구석으로 몰아넣고 있다

굴절된 역광에 골절된 내 그림자에 맺힌
식은땀의 이마를 짚어보던 바람이
유통기한을 말해주지 않고 산문山門을 열어둔 채
산 아래 저잣거리로 내려가 버리고 말았다

풍경을 앓다

가면 더는 오지 않을 듯이
비가 그치고 난 뒤

네가 더 다가오지 않고
내가 더 다가가지 않던 그곳에서
우리의 시간에 맞춰 멈춘 계절이
덜 마른 사위四圍를 내다 널고 있다

네가 더는 오지 않을 듯이
덜 온 만큼 네 갈 길로 가고
내가 더는 가지 않을 듯이
덜 간만큼 내 갈 길로 가버린 그곳에서
구름은 더 짜낼 기억이 없는지
물기 밴 눈시울을 갈아 끼우고 있다

바람이 종일 거리를 쓸고 닦아도
너에게로 가는 길은 지워지지 않는다

내일의 태양은 밝은 곳에서도 빛날 수 있을까
역광에 휜 길모퉁이에 바람이 다가서지 못하고 있다

지금 그 자리에는 약속이 없다
무슨 핑계로 지워졌다 할 것인가

덜 마른 기억에서
풍경 냄새가 닝닝하게 난다

남강다목적댐*

한 사람을 가슴에 담는 것
그것은 만수위滿水位

가슴보다 간절한 한 사람이 채워지면
한 사람보다 애절한 가슴이 위태하다

가을이 들이닥칠 때마다
거르는 일 없이 고초 겪는 추억을 수몰시켜야 한다

굽이치는 기억의 유속을 감당해 내고
온 허공을 메우고도 남을
허탈한 웃음의 유입량을 견뎌낼 댐을 지어야 한다

가슴이 무너지면
다 무너진 거다

눈물 한 방울로 시작된 기억은
한 사람이 어느 가슴에서 새는지 모르게 되고

눈물 한 방울을 제때 방류하지 못한 기억은
한 사람이 어느 가슴에서 넘칠지 모르게 된다

가슴이 무너지면
다 무너진 거다

너라는 한 사람이 불어나고
그대라는 한 사람이 차오르면
한 번도 무너지지 않은 내가 없었듯이

*진주 남강다목적댐 : 1970년 완공한 낙동강 수계 최초의 다목적댐임.
　　　　　　　　홍수조절, 관개용수, 상수도용수공급 및 발전을 포함함.

진양호晉陽湖*·3

진구렁 디딘 발자국에 물이 괸다
호수에 살며 눈물 많아진 물새가
그 발자국에 제 발을 끼워보고 있다

쓸쓸한 무엇이 기억을 딛게 해서
심중의 심중에 있는 발자국마다 눈물 괴는 걸까

그 눈물 자라 호수가 되기까지는 또 얼마나
수중의 수중에 간절한 기척이 필요했던 걸까

화분에 물주는 요일을 잊고
물가에 나와
나, 시시하게 울고 말 일이었으면
수곡*이나 대평* 언저리를
허리인 양 붙들고 굽이돌 때
웃음 못 참는 배롱나무 아래에서
내 기억이 간지러워
울다 웃는 짓 따윈 하지 않았으리라

귓바퀴에 물이 고여 있는 호반

누워서 소리 없이 울었는가 보구나, 너는

그렇게라도 울 수 있어서 좋겠구나, 너는

*진양호 : 1970년 남강을 막아서 만든 남강댐에 의해서 생긴 인공호수.
*수곡, 대평 : 진주시의 진양호 주변의 행정면단위 지명(地名).

선線 · 1

해거름 싣고 배달 가던 하늘이 깜빡이도 켜지 않고 가을밤에 끼어든다 아파트 단지를 풀 방구리에 쥐처럼 드나드는 오토바이, 가로등의 헬멧에 새겨진 등고선에는 경적이 울려도 뒤를 돌아보지 않는 어둠이 차츰 일찍 배달되는 하루의 지형을 바꾸고 있다 물품인수증에 찍힌 바코드처럼 야위어가고 있는 웃음소리, 닭 가슴의 살처럼 퍽퍽한 그리움과 피자의 끄트머리처럼 딱딱한 외로움의 주문이 폭주하고 있다 뒤늦게 당도한 족발이 계단을 허둥지둥 올라가다 두고 온 몸뚱이를 찾으러 CCTV를 골똘히 들여다보고 있다 발소리로 허기를 채운 복도는 지출 한계선을 넘어선 발자국을 기억하지 못하고 있다

빈 그네는 집 없는 고양이에게 달빛을 나눠주느라 발을 질질 끌며 오가고 있다 바람은 한숨을 분리하지 않고 폐기하고 있다 감정 선의 동선을 따라가지 못하는 시선이 가을밤에 있다

반려등대*

바위틈 따개비들이
가쁜 숨비소리 내며 물질하는 벌건 대낮에
지난밤 뜬눈으로 지새운 등대는 아직 자고 있다

잠결에라도 볼 수 있으려나
꿈결에라도 다녀올 수 있으려나
누가 업어가도 모르게 자고 있다

홀로 깨어있는 밤이면
가시덤불에 찔려 맥없이 흘러가는 달빛을
구멍 헐거운 뜰채로 건져 올리다 반쯤 흘리고 마는 것이
고작 등대가 하는 일의 전부라는 걸
그마저 아는 나만 알고
모르는 섬은 모르고

물길 끊고 뱃길 지워낸 파도처럼
오는 길 끊고 가는 길 뭉개고 있는 해무를
수평선까지 밀어내고

물새의 울음이 방풍림에 걸려 끽끽댈 때마다
울지 못하는 제 심정을 점자로 꾹꾹 눌러쓰던 해풍을
수평선에 묻고 와서는

눈 감아도 찾아낼 듯이 한곳을 바라보던 나처럼
눈 감아도 떠오르는 그곳을 바라보던 나처럼

등대는
아무도 오지 않는 뒤를 돌아보지 않으려고
눈을 질끈 감는다 나처럼

*반려등대 : 경남 남해군 서면 정포리 산157-1에 위치한 반려도의 등대.

제2부

꽃을 주고 싶은 사람은
꽃을 받을 사람에게 물어보고
붉은 꽃을 고르진 않았을 터
나는 너에게 왜 붉은 나를 줬던 걸까
−해거름은 붉은 꽃처럼 시든다 中에서

꽃구경

화개 가서
벚꽃 그늘 아래
녹차 한 잔 마주 앉아
사람 버린 아린 얘기 쓴맛 다시며
사람에게 물든 얘기 홀짝이며
주거니 받거니

구례 가서
산수유꽃그늘 아래
산수유 막걸리 한 잔 마주 앉아
사람 사는 알딸딸한 얘기 안주 삼아
사람 같은 사람 얘기 장단 삼아
권커니 잣거니

해거름은 붉은 꽃처럼 시든다

노동을 떨이로 넘기고 있는 이 시각,
오후의 윤곽이 화염에 휩싸이고
너에게 바칠 꽃의 일생이 불꽃을 닮아가고 있다

아무도 집으로 돌아가지 못하는 그 시각,
주인을 알아보지 못하는 그림자들이
붉은 혀를 늘어뜨린 들개처럼 쏘다니고 있다

믿는 것이 믿지 않는 것보다 어려운 세상
믿지 않는 것이 믿는 것보다 쉬운 세상

관절 없는 전봇대를 지팡이 짚고 가며
먼저 간 꽃들의 길을 따라가는 노을의 퇴근길

낙엽에게 붉은색이란
한때 제 몸의 뜨거운 피로 꽃을 피운 흔적이었음을
이렇게 아직 눈시울이 붉은 것은
한때 누군가 내 곁을 뜨겁게 머물던 흔적이었음을

꽃이 사람처럼 팔리는 세상
사람이 꽃처럼 팔리는 세상

꽃을 주고 싶은 사람은
꽃을 받을 사람에게 물어보고
붉은 꽃을 고르진 않았을 터
나는 너에게 왜 붉은 나를 줬던 걸까

불속을 뛰어들 듯 날아간 새가
재가 되어 떨어지는 하늘의 문을 목도하고 있다

생을 마감하는 것들의 각혈을
다시 태어나는 것들의 역광을

다음엔 다음이 없을 것들을

언제나 섬

꼭꼭 숨어라 머리카락 보일라

무표정이 깊은 주름의 획수를 세는 동안
온 식솔이 바깥세상으로 달아나면
베란다 넘어온 햇빛 술래에게 잡히지 않으려고
발 달린 가구도 발 없는 먼지도
모퉁이 없는 수평선에 제 모서리를 숨기기 바쁘다

풍랑風浪이 휩쓸고 지나가는 동안
치우고 닦아내야 하는 헛수고보다
지나갈 때까지 엎드려서 가만히 견뎌내고 있는
섬처럼

마음의 격랑激浪이 솟구치는 동안
가슴을 지우고 닦아내야 하는 헛수고보다
여파가 갈앉을 때까지 가만히 견뎌내고 있는 집이
섬이 된지는 오래전의 일이다

그 섬을 비껴가는 물새 같은 식솔에게
손을 흔들지 않은지도 무척 오래된 일이다

거실을 해안선처럼 돌아나가면
현관에 정박시켜둔 신발들 사이로
무관심에 전복된 발자국이 떠다니고 있다

나는 섬에서 섬으로 들어가는 중인가
섬에서 섬으로 나오는 중인가
세상으로부터 가장 멀리 떠나와버렸고
사람으로부터 가장 멀리 떨어져 버렸다

달이 등대처럼
잠들지 못하는 섬을 뒤적이고 있다

감기를 달고 사는 시간들

주머니에 손을 찔러 넣은 사람은 길을 잃지 않는 저녁

다른 길로 들어서지 않기 위한 일념이 빚어낸
시간의 병목현상으로
불빛이 길을 막고 가다 서다 쿨룩댄다

신열에서 피어오르는 헛것에
자성磁性을 띠던 시간이 소독되지 않고 있다

일자리 없는 별자리에게 위로를 맡기기로 한 날
밀봉되지 않은 밀어가 자다 깨다 쪽잠 들고 있다

내가 내게 해줄 말이 없을 때 들여다보던 거울이
어느 별에서 그 슬픈 눈매에 감염되었는지 모르겠고

내게서 가장 멀리 있는 나를 찾아 데려오던 바람은
어느 별의 담벼락에 머리 찧고 있는지 모르겠지만

신음이 각질처럼 흩날리는 전화기 너머로
너는 자꾸 내가 아니라고 한다

마른 삭정이에 붙은 불처럼 내 몸이 불길인데
너는 자꾸 나에게로 오는 길을 내놓으라고 한다

겨울나무 가지에 매달린 별이 형광등처럼 지직거리며
가도 가도 막혀있는 붉은 사막의 길로 나를 인도할 때
너를 듣지 못한 귀가 징징거리고
너를 부르지 못한 목이 부어오른다

길이 풀리고 겨울이 끝나도
기다림이 낫지 않을 너를 처방받고 있다

배우기 전에 배우는 것들

어린 풀꽃은 말을 배우기 전에
숨 참는 법을 먼저 배우고

어린 바람은 걸음마를 떼기 전에
숨죽이는 법을 먼저 배우며

나는 한 사람을 사랑하기 전에
이별하는 법을 먼저 배우고 있다

스키드마크

비행운 새겨진 구슬을 눈에 박고
세상을 바라본 박제의 최후일지도 모른다

그것은 칼이 찰나를 춤춘 도마
끌리고 밀린 생사의 뜨거운 마찰
제발 꿈속이길 바랄 새도 없는 꿈자리
서둘다 입김이 먼저 가서 미끄러진 키스
달빛이 미처 데리고 가지 못한 어둠
일필휘지, 급하게 써 내려간 유언

그 흔적 밟은 신발 속이 뒤숭숭하다

암자庵子의 하루 · 1

잠자리 날개보다 가벼이 날아가버린 오후
풀어놓은 절집 개는 하루의 기둥에 묶여
오후의 번민 다 잘라낸 가위처럼 누웠다

화근 많은 내 입에서 나온 발원이
향내 쐬고 뒷걸음질 치다
하안거 중인 풍경을 건드린다

번민의 경계는 산문山門이 아니라
나를 바로 세우려 할 때
굴곡진 귀를 넘나드는 산새소리다

산이 너무 오래 묶어놓은
육신은 초록을 달관한 고목이 되고
영혼은 무심을 초월한 돌이 되었나

목석같은 개
목석같은 노승

암자庵子의 하루 · 2

이슬이 이부자리 개기 전에
공양주 없는 암자의 아침 준비는
찰기 없는 새소리 반 됫박에
도정 덜된 햇살 반 그릇이 전부

황혼이 뒷방 차지하듯 물러나 앉고
까마귀 뱃살 같은 어둠이 잦아들면
공양주 없는 암자의 저녁 준비는
무심한 무언無言 한 줌에
짭조름한 달무리 한 종지가 전부

골바람에 곶감처럼 말라가는 염불이
밤참으로 제격이겠네

고요해서 고요한 줄 모르는 고요는
치열했던 번민들이 이룩한 지난날이었을까
촛불이 숨 가삐 몰아쉬는데

나의 길

내가 바라보는 곳은 내가 떠나온 곳

내가 나에게 최초로 던진 질문을 묻어둔 곳이다
발목 하나 심을 곳 없이 빼곡한 무덤을 보라
비탈진 삶을 기어오르다 굴러떨어진 질문들의
비명이 부조浮彫된 증거다
산은 그렇게 들어오지 말라고 막아서는 이 없어도
더는 깊숙이 가지 못하는 곳이 돼버렸다

내가 나에게 최후로 내민 대답을 담아둔 곳이다
눈 디딜 틈 없이 어수선한 파도를 보라
삶이 쳐놓은 그물에 걸려 올라온 대답들의
빈자리가 꿈틀댄 증거다
바다는 그렇게 들어가지 말라고 말리는 이 없어도
더는 깊숙이 갈 수 없는 곳이 돼버렸다

산이 높은 것은
산이 깊은 바다를 걸어갔기 때문이며

바다가 깊은 것은
바다가 높은 산을 돌아갔기 때문이다

나의 길을 가는 것이 나에겐 가장 어렵다

빈집

아무도 말 줍는 이 없다고 고요가 아니다
아무도 말 거는 이 없다고 침묵이 아니다
아무도 말 듣는 이 없다고 적막이 아니다

하지만
보고 싶다 엎질러져 깨진 비명이어도

그래도
보고 싶다 만지다 이지러진 그림자이어도

아무튼
보고 싶다 얼룩진 얼룩말 같은 아무 말이어도

비린내

도마 위 생선 한 마리

몸부림치기 전에 몸서리를 겪게 되면
이리 살아온 치욕의 비린내가 나는 걸까

운명을 알기 전에 숙명을 마주하면
이리 체념을 대하는 비린내가 나는 걸까

한 생애가 회한과 맞닥뜨리면
경련이 일기 전에 경직을 맞이하게 될까

죽음까지도 사랑할 수 있는 날을 위해
기억의 내장이 흘러내리는 것을 뜬눈으로 보고 있다

기억의 선도가 떨어져가고 있는데
고양이도 물고 가지 않을 나의 비린내

진 동 한 다

마추픽추에서 온 엽서

마추픽추에서 엽서를 보내놓고 저세상으로 떠난 자네에게
떠나기 전의 자네만 나에게 남겨놓은 자네에게
여태 답장을 보내지 못하고 있다네

계단을 오를 때마다 그리움처럼 숨이 차는 그곳에
하늘을 바라볼 때마다 눈물샘이 차오르는 그곳에
자네를 두고 올 수 없었던 나는
엽서를 받았을 때의 나의 나이만큼 지났건만
아직 가본 적 없는 마추픽추에 나는 살고 있다네

사라진 왕국의 증거라도 지키는 겐가
마지막을 지킨 돌들의 침묵이 증거만큼 닮고 있는데
마지막을 마지막이라 말하지 않은 자네의 증거는
문짝 없는 태양의 문밖 어디에도 찾을 길 없더군

한때, 사랑할 줄도 모르면서 사랑했던 시절
그 서늘한 산기슭 바람과도 같은 사랑을 가슴에 품고
콘도르처럼 울음을 가두고 살아가던 우리였는데

아픈 육신의 의지로 콘도르 춤을 추며
진정 이 세상으로 날아 올 순 없었던 겐가

내가 가본 적 없는 마추픽추는 이 세상
내가 가보고 싶은 마추픽추는 저세상

이 세상에서 잃을 것과 사라질 것에 대한 염려로
자네의 지워진 얼굴을 왕국처럼 더듬고 있는 아침

내가 쓰려는 마지막 답장처럼
자네도 마지막 내게 다녀가려고
빈 가지에 걸린 햇살을 저리 흩어놓는 겐가

우편함 돌계단에 앉아 한 줌 햇살의 침탈로
엽서처럼 희미해지고 있는 내 그림자

남강南江도서관

진주 사람은
강으로부터 역사를 배우고
강으로부터 순리를 배우고
강으로부터 사람을 배운다

책장엔
푸른 역사가 흐르고
푸른 강이 흐르고
푸른 사람이 흐르고 있다

책장에 흐르는 푸른 혼의 물비린내

사람이 강답게 흘러가고
사람이 사람답게 살아갈란가 보다

백목련 · 1

넌 훔쳐보기 위해 난
먼 하늘 보며 한눈파는 척하고 있었지

날 몰래 엿보기 위해 넌
바람에게 말 걸며 친한 척하고 있었지

그렇게 시작됐지

우리는

여파餘波의 파장波長

목련나무 밑동을 툭 건드리면
왔던 곳을 잊고 돌아가야 할 때를 놓친 꽃이 그제야
왔던 곳으로 돌아가려고 눈물방울처럼 떨어지고

고인 빗물을 툭 차면
돌아와야 할 때를 놓친 사람이 그제야
왔던 곳으로 돌아가려고 물결처럼 일렁이고

네가 나에게서 밀려난 만큼
내가 너에게서 밀려난 만큼

네가 조금만 흔들려도 나는 휘청거려

네가 나를 밀어낸 만큼
내가 너를 밀어내지 못한 만큼

흉부근막통증증후군

하고 싶은 말을 참고
하지 못한 말을 견디면

말들이란 것이
말라버린 잎처럼 가시가 되고
여린 밤하늘 찢는 별이 되는가 보다

미련스럽게 미련 대고 사는 가슴이
나에게 전하고 싶은 말 있는가 보다

오늘이 가기 전에 오늘만은
이 밤이 가기 전에 이번만은

가슴이 꼭 하고 싶은 말
반드시 하고 말아야 할 말 있는가 보다

제3부

바람이 없는 거울에 비춰보는 것으로는
나의 증거가 충분히 불충분하다
−자화상 中에서

노동기勞動記 · 1

동틀 무렵 먼동에서
새참으로 가져온 반달 빵

반달을 반달같이 똑같이 나눠 먹을 때
얼어있는 땅이 들뜬다

허리를 굽혀야만 할 수 있는 것이란
얼마나 겸손한 일인 것인가

낮달이 막 힘 쓰며
제 무덤구덩이 팔 때
삽 낯이 하얘진다

나는 나의 적절한 가면假面인가

신념이 꾸는 꿈에는 땀구멍이 없으므로
새벽 등줄기에 이슬이 맺히고 있다

그 이슬 먹고 자란 새벽꿈이
좌우명을 낳느라 가위눌리고 있다

하고 싶은 게 많은 불평은
어느 발길질에 기합을 넣어야 할지 모르는
혼잣말의 품새를 외우다 증오를 품게 되었고

해선 안 되는 게 많은 자유는
우는 일에 날개를 다 써버린 매미의 추락을 목격한 후
날개 닮은 귀耳를 파다 증오를 품게 되었다

그 증오가 구름처럼 흘러가리라 생각했다면
오늘 나의 우울은 가면 뒤에서
잠시 눈가가 따스했으리라

잠시의 촉촉함은 사막 같은 삶에 비친 신기루

삶을 향해 꼬리쳐보지 못하고
휴지에 싸여버려진
눈물 많은 신념의 정충들의 헛걸음을 보았으리라

아, 별 수 없는 자유는 또 휴지를 들고
기울어진 별의 각도만큼 속사정을 쏟아내고 말리라

나흘 늦은 생일에 찍는 사진관 스트로보의 광란이
이 별에는 없는 표정의 신념을 이식한다

신념을 보정해서 생긴 나를 지갑에 보관한다

올겨울엔 헛웃음이 눈발처럼 흩날릴 거라는데

그림자를 빚다

발자국 무거운 육신이 한숨 내려놓기 전에
골목 어귀에 그림자를 내려놓으면
포대기 없이 업혀 다니던 그림자의 골육이
순서 없이 와르르 무너진다

언젠가 나를 다 써버리고
내가 남아있지 않을 날을 위해
그림자 혼자 일어설 수 있도록
등을 벽에 기대고 일어서는 법을 가르치고 있다

내가 시킨 술이 늘 부족했던 건
너와 내 술을 나눠 마셨기 때문이며

내가 한 이별이 이토록 생생한 것은
너에게 내 이별을 지켜보게 했기 때문이었겠지만

언젠가 나를 위해 나를 다 써버리고
그림자에게 해줄 말이 남지 않을

그날을 위해

눈물을 다 소비한
컴컴한 눈들이 진을 치고 있는 골목을
걸음이 빨라질수록 굽이치듯 길어지는 골목을
겁 많아 눈이 큰 그림자 혼자 오갈 수 있도록
눈언저리에 가로등 문신을 새겨 넣고 있다

진주대로晉州大路*

입맛에 맞지 않는 쓴 커피를 마시고
커피를 사준 사람과 헤어지고 있다

야박한 병원의 짤막한 처마 아래 서서
했던 말처럼 혼잣말이 비를 긋고 있는데
손을 한 번 더 흔들어야 하나 말아야 하나

건너편에서 큰소리로 말하는 사람과
맞은편에서 더 큰소리로 되묻는 사람 사이에
한 계절이 그리 쉽게 건너가는 것을 본 사람은 없었다

쓴 것의 맞은편이 아픈 것의 건너편이었던가
커피찌꺼기처럼 엉겨있는 쓰디쓴 말의 지문들
아파서 만질 수 없는 것에게 남겨진 지문들

나에게 쓴 커피보다 해로운 건
말처럼 닳지 않고 아픈 지문이 문제였어

최초로 누굴 의식하고 죽여야 한다면
자리에서 먼저 일어서게 만든 빗소리를 죽이고
지문을 가슴에 쓱 문대어 지우고 싶었어
손 흔들 때와 돌아설 때의 표정이 같아야 하나

주워들은 말을 까먹기 전에 해야 하는 사람과
자기 말만 하고 있는 사람 사이에
한 기억이 두 계단씩 건너뛰는 것을 본 사람은 없었다

멈춰 선 차들의 머릿속처럼 비가 그치자
우리의 얘기가 마침내 하나도 떠오르지 않게 되었다

파란불이 켜져도 머릿속을 건너지 못하고 있다
널 만지던 내 지문이 붙고 있었기 때문이었다

*진주대로 : 진주의 남과 북을 관통하는 도로의 이름임.

정전停電 · 2

흐트러짐 없던 집안의 회로들이
속성으로 빛을 거두고 늪으로 빨려 들어간다
태초의 불안이 호박琥珀처럼 굳어진다

지극정성 손길로 이룩한
아내 명의의 반듯하던 사물들이
호기롭게 꿰찼던 자리에서 순서도 없이 사라졌다

입 밖에 내서는 안 되는 말 중에
누구를 위한다는 말이 들어있다면
그 위로는 잔인한 것

마주 오는 비명에 부딪혀 넘어진 점자를 주워
더듬더듬 읽어내고 있는 잔상들

눈을 뜨고 있는 것이
차라리 감고 있는 것보다 못할 때
무뚝뚝한 정적이 구원의 환청으로 들려온다

어둠에 대한 시간의 유대감이 깨진다

아내에게로 가는 유일한 통로가 환상 통을 앓는다

아내의 낭자한 유혈을 줍는 나의 퍼즐이 모자란다

자화상

새벽이 돼서야 잠을 청하는 사람과
새벽이 되면 잠을 깨는 사람과
새벽이 돼도 잠을 이루지 못하는 사람 중의 나는
잠을 청했는데 깨는 바람에 꿈을 이루지 못한
사람 중의 한 사람일 뿐이다

증오하기 시작하면서 열정이 생긴 사람과
열정을 불사르면서 두려움이 생긴 사람과
두려워지기 시작하면서 증오가 생긴 사람 중의 나는
열정이 두려워지는 바람에 증오가 생긴
사람 중의 한 사람일 뿐이다

석양이 지독히 붉을수록 산의 고독이 찬란해지듯
철학이 찬란히 고독할수록 삶은 지독해진다

존재란
지독할수록 찬란해지고 찬란할수록 고독해지는 것

소홀할 것 없는 것에 부족해져봤고
견뎌야 할 것 없는 것에 아파봤고
부서질 것 없는 것에 무너져봤지만

바람도 없는 거울에 비춰보는 것으로는
나의 증거가 충분히 불충분하다

딸 생각 · 1

한 번 왔다가렴
그 말을 못 한다

한 번이 두 번 되고
두 번이 세 번 될까 싶어

그럴 때마다 바라본 네 하늘이
닳고 닳아서
비라도 내려 네게 쏟아질까 싶어

시간 내서 다녀가렴
그 말을 못 한다

시간 내는 것이 붙잡게 되고
붙잡게 되는 것이 주저앉히게 될까 싶어

그럴 때마다 널 본 듯 바라본 꽃이
붉디붉어서
내 눈에 지는 꽃이 될까 싶어

딸 생각 · 2

오늘 내가
가장 자주 바라보고
가장 오래 바라본 곳이
네가 있는 곳의 하늘이다

좀 더 가까이 두고 싶은 곳이 너의 곁이고
좀 더 가까이 두지 못한 곳이 나의 곁이다

가장 가까이 있는 내 안의 네가
오늘 나를 가장 멀리 바라보게 했다

그곳에 같이 있지 못한 내가 있기 때문이며
그곳에 두고 온 네가 있기 때문이다

초원으로 가자

사랑하는 이여
초원으로 가자

주인이 없어서 두드려야 할 문도 없고
모퉁이가 없어서 숨어 내다볼 필요 없는 곳

서로의 어깨를 맞대고
그 들판에 사는 바람같이 내달려서
마침내는 풀잎 날개 되어 팔락팔락
지칠 대로 지쳐서 돌아오자

미움이 없어서 건너야 할 길도 없고
골목이 없어서 기다림도 필요 없는 곳

서로의 겨드랑이에 손 넣고
그 들녘에 맺힌 이슬같이 매달려서
마침내는 달빛 솜털 되어 간질간질
눈물 나도록 웃다가 돌아오자

사랑하는 이여
초원으로 가자

가서,
밤이 다시는 밝아오지 않을 밤이 되어도
기어이 돌아오는 우리가 되자

최후의 다이어트

널 굶고 있어

널 권하지 마

네가 오는 길에서부터
네가 돌아간 밤까지
아무 기억도 섭취하지 않고 있어

이야기의 메뉴에서부터
웃음의 레시피까지
빵처럼 둥글게 생긴 건 떠올리지도 않고 있어

너를 꿈자리까지 데리고 가서는
몰래 쌓이고 쌓인 그리움을 복용하다가
뚱뚱해진 기도祈禱를 안고 낑낑대며
네게로 가면 안 될까 봐

주머니에 먹먹히 있으라고 주먹

주머니에는
활짝 펴보지 못한 가슴처럼
손이 늘 웅크린 채로 들어있다

가슴이 울고 있을 때
가슴 한번 훔쳐 주지 않았고

가슴이 아파할 때
가슴 한번 쓰다듬어주지 않았는데

참으로 갑갑하고 답답한 이 밤
마침내 손을 꺼내들었다

먹먹한 가슴을 쥐어박기 위해

마당의 하루

1
아이비 넝쿨,
앞집의 자잘한 웃음소리 따라
담장에 턱을 괴어놓았다
넘보고도 발설 않는 저, 비밀의 압살
관음증을 증폭시키는 저, 안테나

2
석류나무,
네게 내가 너무 자주 들른 모양이다
덩치만 컸지 과실 하나 내놓지도 못하는 것이
어쩌다 재잘재잘 수다만 늘었구나

3
분재,
네 어깨에 새라도 얹어주련

너에게 몹쓸 편애를 해버린 죄가 있어
조금이라도 하늘 가까이 너를 올려놓는다
감옥의 하늘처럼

가포架浦*를 찾아서

하늘은 솟지 않고
땅은 꺼진 흔적 없는데
일몰이 더 이상 발을 들이지 않는다

가버린 사람만 있고
돌아온 사람이 없어서일까
별들이 더 이상 바다를 건너지 않는다

바다는 어디로 갔을까

가포에 와서 눈을 감는다

내 말을 끝까지 들어주던 바다가 보이지 않고
내 말에 끝까지 침묵하던 바다가 보이지 않을 때
눈을 감고 그 바다를 찾는다

한때, 네 가장 깊은 곳에 내가 살던 네가 있었고
내 가장 아픈 곳에 네가 살던 내가 있었다

묘비 없는 기억이 일어나
헛묘를 짓다가 어둑하게 돌아가는 오늘 밤

섰던 그 자리에
내 젊은 날과 나, 눈 맞추려는데
먼저 쓸쓸히 눈을 감아버린 바다여

감은 눈으로 나를 찾고 있는가, 바다여

*가포架浦 : 구, 마산시 가포동 일대의 매립된 바다.

갈대꽃

분주한 마음을 그침 없이 적어두었다가
시월이 오면 오지 않을 사람에게 보여주고 싶은 시월

생의 한 단락에 뭐라도 기록해두지 않으면
할 말도 잊어버려서 눈시울도 텅텅 비어버릴 듯한 시월

가릴 것 없는 바람처럼 휘갈길 수 있는 기풍을 가진
이 붓이 세상에서 제일가는 붓이요
그침 없는 강물처럼 내달릴 수 있는 기품을 지닌
이 붓이 세상에서 으뜸가는 붓이요

바람모아 공원* 강둑에 좌대 없는 붓 장수들이
제 붓을 치켜 흔들어대며 뽐내고 있다

사기 전에
바람이라 써보고 바람으로 지웠다
강물이라 써보고 강물로 지웠다

만졌으니 사야 할 것 같은데
써봤으니 살 수밖에 없을 것 같은데

함부로 쓸 수 없는 이름 하나 있어
텅 빈 가을하늘 같은 가슴한지韓紙에
써보고 구기고 써놓고 찢고만 있는데

달빛이 발을 헛디딜 때마다
탈각되던 달무리로 먹을 갈던 뒤벼리** 먹장수가
째까만 먹구름을 이고 지고 오는 중이다

*바람모아 공원 : 진주시 충무공동 혁신도시에 남강을 끼고 있는 공원임.
**뒤벼리 : '북쪽에 있는 벼랑' 이라는 뜻으로 남강과 어우러져 한 폭의 그림을
            연출하는 곳이다.

내시경 內視鏡

하루 열두 번도 더 바뀌는 변덕에
나도 나를 알 수 없던 나의 속을
남이 들여다봤으니
이제 나만 모르는 나만 있을 뿐
나를 둘 곳이 없어졌다

망설이는 일 잦아질수록
안을 걸어놓고 사는 일 잦아져
나도 나를 열 수 없던 나의 속을
남이 들여다봤으니
이제 나만 모르는 이력이 있을 뿐
일기장의 자물통 따윈 필요 없어졌다

몸속에 컴컴한 골목이 있었음을
가로등도 없는 그 골목 구불구불
뒤도 돌아보지 못하고 달아나던 생이
고질병처럼 아프게 숨어살고 있었음을

아파도 아프다 말하지 못하고
생의 한구석에서
지병처럼 철 지난 눈물을 낭비하고 있었음을

남에게 나를 허락하지 않았다면
내 어찌 나를 알 수 있었겠는가

좋은 날

몰래 울 때 썼던 그늘을
내다 말리는 날

숨어 울 때 썼던 우산을
내다 말리는 날

혼자 울 때 썼던 이불을
내다 말리는 날

한 사람

시몬*, 너는 낙엽 지는 숲으로 가거라
마돈나**, 너는 그 침실의 주인 찾아가거라

염려 마라,
나에게는 한 사람을 만나는 일이 꿈만 같아서
한 사람이 내게로 오는 길 잃지 않게
밤이 아니어도 자꾸만 잠이 들고 있는 중이다

시몬, 네 고독이 바닥날 때까지 낙엽이나 실컷 밟거라
마돈나, 넌 낮밤 없이 침실의 주인과 실컷 자거라

걱정 마라,
나에게는 한 사람을 떠올리는 것으로도 꿈만 같아서
한 사람이 문을 두드리지 않고 들어올 수 있게
밤이 아니어도 꿈을 활짝 열어두고 있는 중이다

제**4**부

나는 겨울바다로 가서
네 이름을 뼛가루처럼 뿌리고 온다
　　　　　-겨울바다 中에서

겨울바다

겨울바다는
만지지 않아도 부서지는
이름이다

겨울바다는
부르지 않아도 흩어지는
이름이다

나는 겨울바다로 가서
네 이름을 뼛가루처럼 뿌리고 온다

징조 몇 가지 · 4

1.
하루살이는
하루를 살고 가는 고된 하루를 끝냈다

나는
오늘 밖에 없는 고된 오늘을 끝냈다

누군가의 오늘을 훔치려는 별 하나가
산동네 깊숙이 파고든다

가을인 갑다

2.
새소리도 앉히지 못하던 뾰족한 위초리에서
꽃이 피어날 때
우린 그때, 겁이 났지만 웃고 있었다

새 그림자도 날아가버린 계절 앞에서
천지의 꽃이 일제히 무너지고 있다
우린 지금, 겁이 나서 울지도 못하고 있다

가을인 갑다

선線 · 10

사람들이 다 돌아가고
팔다 남은 꽃처럼 남겨졌다 나는
사 가지 않으면 버려질 꽃처럼 남겨졌다

사람들이 나를 남기기 전에
내가 스스로 남기로 했다고 스스로 밝히는 것이
내가 덜 시드는 방법일까

진열대 맨 앞자리는 언제나
팔리지 않으면
주인의 손해가 큰 꽃들로 채워지는 것이 아니라
팔지 않아도 팔릴
가장 예쁜 꽃과 제일 아름다운 꽃이 차지한다

주인 없는 화단에서 홀로 시드는 꽃은
다시 올 계절인 줄 알고
저리도 무참히 시드는 걸까

쇼윈도처럼 사람들이 다 돌아가고
팔리지 못한 꽃처럼 남겨졌다 나는
사도 그만 안 사도 그만인 꽃처럼 남겨졌다

사람들이 나를 외면하기 전에
내가 스스로 외면했다고 스스로 밝히는 것이
내가 덜 시드는 방법일까

어딜 가도 내 앞엔
진열대처럼 줄을 서고 있는 사람들과
쇼윈도처럼 진을 치고 있는 사람들이
나를 시들게 만든다

꽃다발을 묶고 버린 삼색 줄 자투리로
남은 향기가 새지 않게 나를 묶고 있다

새들의 발자국 · 1
– 발마사지를 받으며

거울조차 말 걸어주지 않아
발이 실어증 걸린 지 오래다

말을 배우지 못해
젖 달라 우는 아이의 주린 배를 쓰다듬었을
이국 아낙의 손이
말을 배우지 못해 아파 우는 이 발에게
수화를 한다

이국 아낙의 손이
가장 낮은 곳에 숨겨진 나의 스위치를 누른다

말은 할수록 말이 어두워지고
말은 말수록 말이 무거워지는 법

이국 아낙의 손이
말을 할 줄 모르는 이 발에게 수화를 가르친다

참지 말고 아프면 아프다 발이라도 구르렴

발자국들을 어디에 뒀는지도 모르고
자꾸 뒤돌아보던 발이 잠시 고분해진다

유년의 하늘

어릴 적, 나에게 하늘이란
마당 넓은 집 높다란 담장에 꽂힌 유리조각이다

담장에는 가끔
찢긴 것들이 속을 드러내고 매달려있었다

그때 이후로
하늘이 왜 빨갛게 물드는지 알게 되었다

어릴 적, 나에게 하늘이란
마당 넓은 집 높다란 담장을 넘은 새이다

하늘을 물고 들어가서
나오는 모습을 본 적이 없었다

그때 이후로
하늘은 훔쳐봐야 되는 것인 줄로만 알게 되었다

숙취宿醉

지난밤
잔 가득 별빛 부어 마시고
웅크리고 잤더니
돌아가려고 출구를 찾아 헤맨 별이
밤새 발길질을 얼마나 해댔는지
저릿저릿 몸에 금이 간다
날선 별빛에 베인 간밤의 행선지가
손잡이 떨어진 몸에서 줄줄 새고 있다
별이 와서 자고 간 몸에
펴지지 않는 별의 날개가 숨겨져 있다
종일 웅크리고 다녔다

염색약

어둠은
어둠 속에 태어난 달빛을 빛나게 하고

달빛은
달빛 속에 태어난 눈물을 빛나게 한다

빛에 쫓기고 쫓길수록
물이 빠지고
색이 빠진다

뿌옇게 서있는
삶의 안개에 내가 헛딛는다

그럴 만도 하지
그럴 때도 됐지

달빛을 등지고
진한 흑색16호를 바른다

달무리에 얼룩이 지고
목동 없이 풀을 뜯는
나는 다 큰 얼룩소가 된다

달동네

1.
어둠을 맨몸으로 막아내던 박쥐가
울다 지친 아이처럼 지쳐 돌아갈 때
빈 광주리 이고 돌아온 늦은 밤이
아이 입에 달을 물립니다

2.
지킬 것 없는 어둠을 지키던 개가
아이가 빨다만 공갈젖꼭지처럼
침 묻힌 새벽달을 신발 속에 물어다 놓을 때
식은 아랫목을 파고들던 한기가
대야에 담긴 안개로 세수를 합니다

시인詩人

지난밤에

시 하나 지어놓고

부끄러워

죽고 싶었다

하지만 죽지도 못하는 일이

더 부끄러워

더 죽고 싶었다

낙엽落葉과 낙심落心 사이

낙엽을 밟고 가는
햇빛의 발걸음이 무겁다

낙엽을 업고 가는
바람의 등이 무겁다

낙엽을 덮고 자는
나무의 꿈이 무겁다

낙엽이 떨어질 때
같이 떨어진 마음

아무도 곁에 없는
마음이 무겁다

금연

1.

산이 구름을 끊은 날
산은 소식 들을 곳 없어서
메아리 틀어놓고 토끼처럼 귀를 쫑긋대고 있다

바다가 파도를 끊은 날
바다는 말 걸 곳 없어서
선착장에 걸터앉아 물새처럼 수다 떨고 있다

2.

정녕 담배를 끊고 싶다면
끊어내야 할 명분 많은
옛사람과 상의하십시오

그래도 못 끊겠다면
상의 없이 단박에 인연을 끊어내던
첫사랑과 상의하십시오

수건의 생일

창립기념일에 가져온 수건
지금은 없어진 회사의 수건

빈 거울 앞에
몸 길도 비어있는 오늘

쓸쓸한 삶의 궤적 지우려 할 적에
기계 소리 멈춘 공장처럼
신경다발 끊어진 무표정을
탁본 뜨고 있는 수건

기념해야 할 하루마저 사라진 수건이
다시 태어날 수 없는 생일에
축하객 없는 기억을 초대하고 있다

오늘은
그 어떤 얼룩진 말들도 하지 않으마

오늘만큼은 나의 그 어떤 얼룩도
네 앞에 내밀지 않으마

네 얼룩진 사주四柱 지워내느라
성성하던 보풀이 야위었구나

너도 나만큼 지워내고 있었구나

액자의 전기傳記

언제부턴가
너의 말을 귀담아듣지 않고 있었다

넌 항상 벽에 기대어 선 채로
적절하지 못한 때에
적절하지 못한 말을
나에게 늘어놓고 있기 때문이었다

언제부턴가
너의 눈을 바라보지 않고 있었다

남자를 가질 수 없음에도
아이를 가지게 되면서
나를 향해 눈총을 겨누고 있기 때문이었다

빗소리가 미라의 향수처럼 테두리에 묻어난다

우산 없이 액자 속을 걸어 들어간 사람에게

손바닥 우산을 씌워준 이 누구인가

액자를 비추던 장식 등燈의 동공이 훌쩍 커진다

아카시아꽃

내 머리처럼
산머리
듬성듬성 아카시아 흰 꽃 피었네

산과 나란히 서서 찍은 사진

내가 산인지
산이 난지
내가 봄인지
산이 봄인지 구분이 가질 않네

그날 날 알아본 사람 아무도 없었네

그네

먼저 가 있을게
낙엽이 그네에 내리면서 말했다

곧 따라갈게
빗물이 그네에 앉으면서 말했다

나도 가고 싶어
어둠이 빈 그네를 밀며 말했다

야, 너마저 가고 나면
그네는 어쩌라고

그네에서 내린 가로등 불빛이
제 몸이 뿔뿔이 새어나갈 정도로
벤치에 털썩 앉으며 말했다

일구육사—九六四 · 1

신神을 믿지 않으면서
신神을 믿고 싶지 않은 단 하나의 이유

신神이 엄마를 급히 데려가서는
아직 엄마를 돌려주지 않고 있기 때문이다

신神은 나를
꿈속에서조차 엄마를 찾을 길 없는 아이로 만드셨다
엄마의 기억조차 가질 수 없는 아이로 만드셨다

신神은
나의 모든 것을 빼앗기 위해 엄마를 빼앗은 걸까
엄마를 빼앗기 위해 내 모든 걸 빼앗은 걸까

신神과 엄마의 유일한 통로였던 무덤만이
급박했던 그날의 유일한 단서라고들 하는데

비가 내리는 날에도

비가 그친 날에도

별이 뜨는 날에도
별이 지는 날에도

다신 내려오지 않으니
내가 올라가는 방법을 궁리하는 수밖에

감정의 파장波長과 시어의 전이轉移

성 선 경 (시인)

감정의 파장波長과 시어의 전이轉移

시를 읽고 논의를 할 때 빈번하게 거론되는 것이 디테일과 스케일의 문제다. 특히 신춘문예와 같은 큰 심사를 할 때에는 당선작을 뽑을 때 어김없이 거론되는 말이기도 하다. 큰 시야가 없이 꼼꼼한 글도 재미가 없으며 꼼꼼함 없이 통만 커서도 허무하다.

명나라 구곤호 선생은 '작문요결'에서 이것을 소심小心과 방담放膽이란 두 단어로 요약을 했다. 소심은 '디테일은 섬세하라'는 말이고 방담은 '스케일은 담대하라'는 말이다. 그리고 글쓰기의 방법은 다만 이 두 가지 실마리에 달려 있다고 했다.

"방담은 제멋대로 함부로 하는 것이 아니다. 시원스런 생각을 하라는 것이지 멋대로 아무렇게나 하는 것이라면 절도가 없고 방탕해서 못하는 짓이 없게 된다. 또한 소심은 섬세하게 하라는 것이지 꼭 붙들어 놓지 않는 것이 아니다. 본 것이 광대한 뒤라야 능히 세세한 데로 들어갈 수가 있다. 소심은 방담한 곳을 통해 수습되고 방담은 소심한 곳을 통해 확충된다."라고 선생님은 말했다.

그래서 글이란 꼼꼼함 없이 통만 커도 안 되고 따지기만 할 뿐 큰 시야가 없어도 못 쓴다. 다시 말하면 좋은 글의 요체는 디테일과 스케일의 균형에 있다, 고 옮겨 말할 수 있겠다. 즉 스케일과 디테일의 균형이야말로 글의 완성도를 높여주는 중심축이라 할 수 있다.

노동을 떨이로 넘기고 있는 이 시각,
오후의 윤곽이 화염에 휩싸이고
너에게 바칠 꽃의 일생이 불꽃을 닮아가고 있다

아무도 집으로 돌아가지 못하는 그 시각,
주인을 알아보지 못하는 그림자들이
붉은 혀를 늘어뜨린 들개처럼 쏘다니고 있다

믿는 것이 믿지 않는 것보다 어려운 세상
믿지 않는 것이 믿는 것보다 쉬운 세상

관절 없는 전봇대를 지팡이 짚고 가며

먼저 간 꽃들의 길을 따라가는 노을의 퇴근길

낙엽에게 붉은색이란
한때 제 몸의 뜨거운 피로 꽃을 피운 흔적이었음을
이렇게 아직 눈시울이 붉은 것은
한때 누군가 내 곁을 뜨겁게 머물던 흔적이었음을

꽃이 사람처럼 팔리는 세상
사람이 꽃처럼 팔리는 세상

꽃을 주고 싶은 사람은
꽃을 받을 사람에게 물어보고
붉은 꽃을 고르진 않았을 터
나는 너에게 왜 붉은 나를 줬던 걸까

불속을 뛰어들 듯 날아간 새가
재가 되어 떨어지는 하늘의 문을 목도하고 있다

생을 마감하는 것들의 각혈을
다시 태어나는 것들의 역광을

다음엔 다음이 없을 것들을

  박기원 시인의 이번 시집은 전편이 스케일과 디테일이
조화를 잘 이룬 시편들로 이루어져 있는데 「해거름은 붉
은 꽃처럼 시든다」는 그중 특히 수작으로 보여진다. 또한
'화염' '불꽃' '붉은 혀' '꽃' '낙엽' '피' '각혈' '역광'
등의 시어가 '붉음'이라는 색체적 이미지를 생동적으로
연결하고 있다.

  그리고 시어의 이미지를 파생시켜 변형하며 라임
(rhyme)을 형성하고 있다. 예를 들면 "믿는 것이 믿지 않
는 것보다 어려운 세상 /믿지 않는 것이 믿는 것보다 쉬
운 세상" "꽃이 사람처럼 팔리는 세상/ 사람이 꽃처럼 팔
리는 세상" "꽃을 주고 싶은 사람은/ 꽃을 받을 사람에
게" "생을 마감하는 것들의 각혈을/ 다시 태어나는 것들
의 역광을" 등을 반복적으로 나란히 배치하여 시의 이미
지를 풍성하게 한다.

  박기원 시인의 이러한 이미지 파생의 방법은 박 시인의
시 창작에 중요한 전략으로 보이며 시편 곳곳에서 자주
상견된다.

    말을 않는 사람과/ 말이 없는 사람이
      – 「오래된 길」(부분)

절반보다 나은 게 없는 절반으로 살아가는

　　　- 「102동에 사는 마리오네트」(부분)

낯선 계절이 무턱대고 떠내려 왔고/ 낯익은 이름이 막무가
내 떠내려갔다

　　　- 「남강, 저 유등」(부분)

허상 위에 허상 쌓고/ 허물 위에 허물 쌓은

　　　- 「돌탑 쌓으며」(부분)

그게 나의 별이라고 치자/ 그게 나의 이별이라고 치자

　　　- 「야간비행」(부분)

　이러한 시적 배치는 인용한 작품 이외에도 빈번히 나타
난다. 이러한 이미지 파생 방법은 리듬의 형성에도 중요
한 역할을 하며, 이미지의 중첩으로 중요 이미지를 부각
시키는 기능도 함께 한다. 얼핏 말놀이 같아 보이는 같은
시어의 파생적 의미의 대구는 언어의 중의衆意를 드러내는
방법으로서도 중요한 의미를 가진다.

　한 사람을 가슴에 담는 것
　그것은 만수위滿水位

가슴보다 간절한 한 사람이 채워지면
한 사람보다 애절한 가슴이 위태하다

가을이 들이닥칠 때마다
거르는 일 없이 고초 겪는 추억을 수몰시켜야 한다

굽이치는 기억의 유속을 감당해 내고
온 허공을 메우고도 남을
허탈한 웃음의 유입량을 견뎌낼 댐을 지어야 한다

가슴이 무너지면
다 무너진 거다

눈물 한 방울로 시작된 기억은
한 사람이 어느 가슴에서 새는지 모르게 되고

눈물 한 방울을 제때 방류하지 못한 기억은
한 사람이 어느 가슴에서 넘칠지 모르게 된다

가슴이 무너지면
다 무너진 거다

너라는 한 사람이 불어나고
그대라는 한 사람이 차오르면
한 번도 무너지지 않은 내가 없었듯이
　　　　 －「남강다목적댐」(전문)

　시 「남강다목적댐」은 자연을 통해 사랑의 의미를 구체
화하는 보편적 시창작법을 사용하고 있다. 여기서 시의
보편성은 어떤 관념이 아니라 유한하면서도 과오로 가득
찬 개인의 삶 속에 은밀히 감추어져 있는 것이다. 여기서
시의 보편성은 "되도록 많은 사람들에게 쉽게 읽혀야 한
다."는 식으로 설명할 만큼 단순하지 않다. 오히려 시의
보편성은 개성과 창의성을 포괄하는 넓은 개념으로 이해
해야 한다. '남강다목적댐'이라는 이 시는 실존적 사물을
통해 인생의 본질적 존재인 사랑을 구체화하고 있다. 여
기에 시의 보편성이 부각된다.
　사랑이라는 말은 '살다'라는 동사에서 왔다. 그래서
'사람=사랑=삶'은 '살다'라는 같은 어원에서 파생된 말
이다. 그래서 사람이 사랑하며 사는 것이 곧 삶이다. '남
강다목적댐'은 단순한 자연이 아니라 객관적 상관물로서
의 자연이며, 내 삶의 도반道伴으로서 자연이다. 내 자신
의 거울로서의 자연이다. '남강다목적댐'은 나의 삶이며
나의 사랑이다. 시어의 외연적 의미는 자연의 현상이지만

내포적 의미는 나의 삶이며 사랑이다.

그래서 "한 사람을 가슴에 담는 것/ 그것은 만수위滿水位"이며 "가슴이 무너지면/ 다 무너진 거다" "눈물 한 방울을 제때 방류하지 못한 기억은/ 한 사람이 어느 가슴에서 넘칠지 모르게 된다." 이것이 사랑이며 삶이다. 사랑이며 삶이며 시다. '남강다목적댐'은 그래서 내 사랑의 척도다.

새벽이 돼서야 잠을 청하는 사람과
새벽이 되면 잠을 깨는 사람과
새벽이 돼도 잠을 이루지 못하는 사람 중의 나는
잠을 청했는데 깨는 바람에 꿈을 이루지 못한
사람 중의 한 사람일 뿐이다

증오하기 시작하면서 열정이 생긴 사람과
열정을 불사르면서 두려움이 생긴 사람과
두려워지기 시작하면서 증오가 생긴 사람 중의 나는
열정이 두려워지는 바람에 증오가 생긴
사람 중의 한 사람일 뿐이다

석양이 지독히 붉을수록 산의 고독이 찬란해지듯
철학이 찬란히 고독할수록 삶은 지독해진다

존재란
지독할수록 찬란해지고 찬란할수록 고독해지는 것

소홀할 것 없는 것에 부족해져봤고
견뎌야 할 것 없는 것에 아파봤고
부서질 것 없는 것에 무너져봤지만

바람도 없는 거울에 비춰보는 것으로는
나의 증거가 충분히 불충분하다
          -「자화상」(전문)

다치지 않은 척하고 돌아오는 날이 많을수록
안고 자도 허전한 그림자
돌아오지 않는 사람보다 더 바짝 끌어안을수록
나는 내가 안으로 부식된다

나보다 못한 나의 절반을 데리고 사는 나에게
절반보다 나은 게 없는 절반으로 살아가는 나에게
부탁도 거절도 여전히 나는 내가 어렵다

베란다에서 떨어져 죽은 적 있는 절반은

대리기사가 건넨 어둠을 거스름으로 쥐고
발밑에 새까맣게 쓰러져있는 102동의
계단을 분리하지 않고 수거함에 버리는 게 일이다

센서 등燈이 잃어버린 파티처럼 깜빡이면
몸을 뛰쳐나갔다 다시 나를 파고드는 나
그 이식이 너무 저릿한 나머지
발소리를 정복한 고양이의 영역에 마려운 독백을 지린다

밤마다 버려지는 아파트와
그림자의 뼈가 부러지고 있는 아이들
밤마다 버리고 싶은 꼬리 없는 나와 꼬리치는 나

가장 낮은 곳이 언제나 가장 높은 곳이었듯
나는 멀리 있는 나보다 더 깊은 나를 멀리하고 있다

달빛에서 뛰어내린 고양이의 척추를 본 사람은
살아온 보폭과 살아갈 걸음수가 닮은 또 다른 나
그리고 어른들이 불러들이고 남은 아이들뿐이다

떨어질 때, 꿈을 꼬집어서 살아 돌아온 아이가
꿈자리를 털어내고 있는지 작은 창이 잠시 아른댄다

나의 흉터는 뛰어내릴 때 다친 것들이 아니라

나에게서 내가 달아날 때 다친 것들이다.

　　　　　　－「102동에 사는 마리오네트」(전문)

위 두 편의 시 「자화상」과 「102동에 사는 마리오네트」
는 박기원 시인의 삶의 태도를 잘 드러낸 시편이라 할 수
있다. 시 「자화상」은 제목 그대로 자신의 모습을 스스로
그린 것이며, 「102동에 사는 마리오네트」 또한 또 다른
자화상의 모습으로 읽힌다. 마리오네트는 실로 매달아 조
작하는 인형이다. 아마 자신을 신이 영혼을 불어넣어 조
작하는 신神의 인형으로 인식하는 것 같다. 이러한 인식은
현실에서 늘 불화하는 불완전한 존재로서 시인 자신에 대
한 인식에서 기인할 것이다.

박기원 시인은 시를 대하는 태도가 진지하고, 활발한
시어의 전이를 통해 시의 흐름이 자연스럽고 유장하다.
이는 자신의 감정을 토로할 때에도 변함이 없다. 시 「자
화상」에서 '열정' '증오' '두려움' 등의 단어를 언급하면
서 자신을 "열정이 두려워지는 바람에 증오가 생긴/ 사람
중의 한 사람일 뿐"이라며 열정을 두려워하는 사람으로
규정한다. 이때 규정은 존재의 본질을 드러낸다.

「102동에 사는 마리오네트」에서 시인은 "나보다 못한
나의 절반을 데리고 사는 나"이며 "절반보다 나은 게 없

는 절반으로 살아가는 나"이다. 이것은 처절한 자신에 대한 자각이다. 그리고 "센서 등燈이 잃어버린 파티처럼 깜빡이면/ 몸을 뛰쳐나갔다 다시 나를 파고드는 나"이기도 하다. 이러한 시적 파장의 분열이 유장하고 시의 흐름이 자연스럽다.

시인에게 자신은 필자筆者로서 세상이 머무는 장소이다. 그러므로 시인 자신이 무한히 커야 하는 것이다. 시인은 그런 경지를 지향한다. 시인은 그 안에서 세상과 뒤섞여 몇 번이고 재탄생 한다. 시인의 변혁과 발전은 나무가 자라듯이 제 힘으로 이루어지지 않는다. 참된 시는 제자리에 있으면 된다. 시는 그 자리에서 존재에 값한다.

기성의 개념으로 받아들인 사물은 사물 자체가 아니라, 사물을 빙자하여 관념을 받아들인 것에 지나지 않는다. 관념에 포함된 기성의 윤리, 인식, 질서가 사물을 가려서 사물 자체를 보지 못하게 한다. 상식이나 인습이라고 하는 그 고정관념이 우리를 사물에게서 멀어지게 만든다. 시인은 이 상식과 인습의 벽을 깨고 사물의 세계로 들어가는 사람이자 그 자유를 누리는 사람이다.

다음 시는 박기원 시인이 시인으로서 자신에게 얼마나 진지한가를 다시 한 번 인식하게 한다. 존재론으로서 시인의 자세가 유장하다. 이 유장함 속에 시인은 존재한다. 아마 한 행을 하나의 연으로 배치한 것도 자신의 시인으로서 존재에 대한 엄숙함을 나타내기 위한 시적 배치일 것이다. 죽고 싶을 만큼 삶이 부끄럽고 그 부끄러움을 드러낸 시는 다시 한 번 고통스럽다. 그 만큼 시인詩人은 진지한 삶 속에 있다. 여기에 박기원 시인이 있다.

지난밤에

시 하나 지어놓고

부끄러워

죽고 싶었다

하지만 죽지도 못하는 일이

더 부끄러워

더 죽고 싶었다.
          - 「시인詩人」(전문)

■ 수/우/당/시/인/선